DISNEY PRINCESS

迪士尼公主
經典故事集 ❷

小魚仙及魔髮奇緣

新雅文化事業有限公司

www.sunya.com.hk

迪士尼公主經典故事集②

小魚仙 及 魔髮奇緣

翻　　　譯：張碧嘉
責任編輯：潘曉華
美術設計：何宙樺
出　　　版：新雅文化事業有限公司
　　　　　　香港英皇道 499 號北角工業大廈 18 樓
　　　　　　電話：(852) 2138 7998
　　　　　　傳真：(852) 2597 4003
　　　　　　網址：http://www.sunya.com.hk
　　　　　　電郵：marketing@sunya.com.hk
發　　　行：香港聯合書刊物流有限公司
　　　　　　香港荃灣德士古道 220-248 號荃灣工業中心 16 樓
　　　　　　電話：(852) 2150 2100
　　　　　　傳真：(852) 2407 3062
　　　　　　電郵：info@suplogistics.com.hk
印　　　刷：中華商務聯合印刷（廣東）有限公司
　　　　　　廣東省深圳市龍崗區平湖街道鵝公嶺春湖工業區 10 棟
版　　　次：二〇一八年五月初版
　　　　　　二〇二四年三月第七次印刷

Based on the stories by Disney Princess Read-Along Storybook.
Illustrated by the Disney Storybook Art Team.
"The Little Mermaid" produced by Ted Kryczko and Jeff Shridan.
"Tangled" produced by Ted Kryczko and Jeff Sheridan. Adapted by Lara Bergen.

ISBN: 978-962-08-7032-3
Published by Sun Ya Publications (HK) Ltd.
18/F, North Point Industrial Building, 499 King's Road, Hong Kong
Published in Hong Kong SAR, China
Printed in China

迪士尼公主
經典故事集 ❷

小魚仙

從前，有一條名叫艾莉兒的小美人魚在海洋裏嬉戲。她最愛到沉沒的大船中尋寶，找一些別人遺下的東西。她有一個小比目魚朋友，那是一條黃色的魚。艾莉兒對他說：「來吧，小比目魚！這艘船肯定藏着許多人類的寶藏。」

　　「我⋯⋯我不要⋯⋯不要進去！它看來可怕極了！」

　　「別這麼膽小！跟我來吧！」

　　艾莉兒游進船艙，發現了一隻叉子。「天啊！你有見過如此美妙的東西嗎？」

艾莉兒游到水面上，找她的海鷗朋友。「史卡圖，你知道這是什麼嗎？」她將叉子交給他。

「根據我對人類的專業知識，這明顯地是一個⋯⋯一個⋯⋯『梳叉』！人類會用它來梳直頭髮。」

「謝謝你啊，史卡圖！這很適合納入我的珍藏品之中。」說完，艾莉兒興奮地潛回水底。

過了不久，艾莉兒來到了海底的一個洞穴，那裏放着她從人類世界得來的所有寶藏。她把這些寶藏都藏起來，因為她的父親 —— 謝登國王不允許王國裏的子民跟人類接觸。

那天晚上，艾莉兒看見海面上閃着一些奇異的光，於是她和小比目魚便游到水面上去看看發生了什麼事。

　　來到水面，他們看見史卡圖飛到一艘大船上。「他們似乎是在舉行慶祝會啊，艾莉兒。是那個他們稱為艾力王子的人類的生日會呢。」

　　艾莉兒把父親的囑咐拋諸腦後，好奇地望着甲板上那位年輕的男子。「我從來沒試過這樣近距離觀看人類，他真英俊。」

　　她看着艾力的顧問大臣金士比，向王子獻上生日禮物。

這時候，在海底的深處，邪惡的海底女巫烏蘇拉正在用魔法窺視着艾莉兒的一舉一動。由於她作惡多端，謝登國王便將她趕出王國。烏蘇拉對此一直懷恨在心。

「嗯⋯⋯偉大的謝登國王的女兒竟然愛上了一個人類！這個被愛情沖昏頭腦的任性女孩，或許可以成為我向謝登報復的工具。」

　　海面上，一場突如其來的風暴掀起了狂風大浪，王子立刻指揮各人緊守崗位。「大家站穩！拉穩船帆的繩索！」

　　忽然間，一道閃電擊中了那艘大船，把艾莉兒嚇壞了。「艾力被拋進海裏了！我要去救他！」

在狂風巨浪下，艾莉兒心急地找尋着艾力。「他在哪裏？如果再找不到他⋯⋯等一下，他在那裏！」

她抓緊了艾力，用盡全身力氣將他拉上水面。

在風暴平息下來後，艾莉兒將昏迷不醒的王子拉上岸邊。「他依然有呼吸，一定還活着的。」

這時，一隻名叫沙巴信的螃蟹正在沙灘上行走，他是海王謝登的音樂總監和顧問大臣。「艾莉兒，快快遠離那個人類！你的父王禁止我們與人類接觸，你忘記了嗎？」

「但是，沙巴信啊，為什麼我不可以走進他的世界裏去呢？」然後她唱了一首歌，訴說着她希望跟艾力王子永遠在一起的願望。

在海王的王宮裏，謝登留意到艾莉兒心不在焉地游來游去。他對女兒的行為起了疑心，於是召喚沙巴信來問話。沙巴信便向海王如實報告有關船隻失事和王子的事情。

「艾莉兒愛上了一個人類？」

　　謝登來到了艾莉兒的洞穴。「我跟你說過多少次，要遠離那些會吃魚的野蠻人。人類很危險的！」

　　「但是，爸爸，我很喜歡艾力！」

謝登不理會艾利兒的話。

他舉起了三叉戟，一下子就毀滅了艾莉兒辛苦搜集回來的所有人類寶藏，然後憤怒地轉身離開，留下哭個不停的艾莉兒。

　在艾莉兒哭着時，有兩條鰻魚鬼鬼
祟祟地游到她身邊，把她嚇了一跳。
「不要怕……有一個人能幫助你，是她
派我們來找你的！」

　這兩條鰻魚告訴艾莉兒，他們是烏蘇拉派
來的。烏蘇拉可以用魔法來替艾莉兒解決困難。

I hereby grant
unto URSULA the
Witch of the Sea,
one voice, ...
in exchange for ...
...
...
...
...
...
For all eternity.
signed,

　　艾莉兒因為太過傷心，沒有多想，便跟隨着那兩條鰻魚來到烏蘇拉的洞穴。這個海底女巫向艾莉兒提出了一項交易：「我可以將你變成人類，但三天之內你要贏得王子的心。如果在第三天日落之前，他吻了你，他就永遠屬於你；否則 ── 你就永遠屬於我！」

艾莉兒深深吸了一口氣，然後點點頭。海底女巫露出了邪惡的笑容。「噢，對了，差點忘了說。我們還沒說清楚交易條件。我的要求不多，只是想要 —— 你的聲音！」

　　艾莉兒同意了，於是烏蘇拉唸了一遍咒語，將艾莉兒的聲音鎖在一個貝殼裏，又將她由美人魚變成了人類。

在沙巴信和小比目魚的幫忙下，艾莉兒用她那雙新的腿，艱難地游到岸邊。她拾起一塊帆布包裹着身體，然後她看見艾力王子帶着他的小狗麥斯向她走來。「坐下來，麥斯，坐下來！小姐，真的非常抱歉。」原來艾力見到艾莉兒坐在地上，樣子有點狼狽，以為是麥斯把她嚇倒了。

艾莉兒張開口想回答，卻忘記自己的聲音已經被鎖起來了。艾力扶起了她。

「我的小狗如此失禮，請讓我作出補償吧。來吧，我帶你到王宮，讓你可以整理乾淨。」

　　第二天下午，艾力帶艾莉兒來到一個環礁湖，坐着小船遊玩。沙巴信知道艾莉兒只剩下一天的時間，如果王子沒有親吻她，她就會永遠成為烏蘇拉的囚犯。於是，他努力指揮各種海洋生物合奏一曲，製造浪漫氣氛。「快吻那女孩吧……這樂曲湊效了！」

　　王子向前挨近艾莉兒，但小船突然翻側，艾莉兒和艾力一同掉進水裏了！

烏蘇拉從她海底的洞穴裏，看見王子和艾莉兒雙雙掉入環礁湖裏。「他們靠得太近了！我不會讓艾莉兒輕易得逞的！」

　　於是，她開始調製一種藥水，令她可以變成人類。「不久之後，謝登的女兒就屬於我的了！」

第二天早上，史卡圖飛進艾莉兒的房間，告訴她王子宣布要結婚了！艾莉兒緊張得心裏怦怦跳，以為艾力這麼喜歡她。但當她匆忙地下樓時，卻看見他正向金士比介紹一個神秘的棕髮女子。

「雲妮莎救了我的性命。今天日落時，我們會在船上結婚。」

艾莉兒的心碎了。艾力忽然愛上的這個女子是誰呢？

過了不久，艾莉兒和她的朋友們看着舉行婚禮的大船駛離碼頭。
突然間，史卡圖飛撲到他們身邊。「我剛剛在那艘大船上飛過，
看見雲妮莎在鏡中的影像，原來她是由海底女巫假扮的！」

小比目魚幫助艾莉兒儘快游到那艘大船上，他們剛好在日落之前到達！在雲妮莎說「我願意」之前，史卡圖和他帶來的朋友們一起攻擊她。

混亂之間，烏蘇拉的貝殼項鏈掉在甲板上，艾莉兒的聲音被釋放出來了。

艾莉兒對着艾力微笑着說：「噢，艾力，我想告訴你……」

烏蘇拉露出了邪惡的笑容，說：「太遲了！太陽已經下山了！」

艾莉兒感到身體漸漸變回一條美人魚了，烏蘇拉隨即把她拉進水裏。謝登國王知道艾莉兒被囚禁之後，馬上去找海底女巫，並跟她進行交易，由自己代替女兒成為烏蘇拉的奴隸。他說完後就立即失去了所有法力，變成了一隻無助的小生物，而烏蘇拉就成為了海洋之后！

　　這時，艾力對着海底女巫投擲一枝魚叉，想要阻止她傷害謝登國王和艾莉兒，但那魚叉只是輕輕地擦傷了她的手臂。烏蘇拉隨即拿出了國王威力強大的三叉戟。「你這蠢材！」

　　忽然，烏蘇拉變成了一頭巨大的怪獸，並令海水形成一個足以致命的巨大旋渦。

幾艘古老的沉船被旋渦帶上了水面。艾力努力地爬上一艘舊船，用船首那尖銳的部分刺向烏蘇拉，終於把她消滅了。可是艾力和烏蘇拉的交戰令海面產生巨浪，艾力掉入到海中，幸好他最後也游回到岸上。謝登國王終於回復海王的形態，所有法力也回歸到他身上了。

　　筋疲力竭的艾力昏倒在岸邊，艾莉兒坐在一塊石頭上凝望着他。謝登國王和沙巴信遠遠地望着她。「沙巴信，艾莉兒真的很愛他，對嗎？」

　　國王希望女兒能夠得到快樂，於是他揮動手中的三叉戟，令艾莉兒再次變成人類。

第二天，艾莉兒和艾力王子在船上舉行婚禮。在他們親吻的一刻，船上的人和海裏的美人魚都為他們歡呼。艾莉兒和艾力朝着日落的方向駛去，並深信他們以後也能快快樂樂地生活下去。

迪士尼公主

經典故事集 ❷

魔髮奇緣

從前有一個國王和王后，他們生活得幸福快樂。可是，王后在懷孕的時候不幸生病了。國王命人四出尋找良藥，終於找到了一朵魔法金花。王后痊癒了，過了不久便誕下他們的金髮女兒。

　　全國上下都熱烈慶祝公主的誕生 ── 除了一個名為嘉芙夫人的老婦人。幾百年以來，她一直用那朵魔法金花來保持年輕美貌。可是，魔法金花被國王派出的人拿去了，令她非常憤怒。她偷偷潛入城堡，發現了小公主的金髮同樣能發揮金花的魔法，便擄走了她。

金髮公主的名字叫樂佩。嘉芙夫人在一座高塔裏將她撫養成人。嘉芙夫人把她藏起來已經快十八年了。「你要留在這裏才安全。」她告訴樂佩外面的世界很危險，但其實是她想獨佔樂佩具有魔力的頭髮。

　　樂佩的頭髮非常長，嘉芙夫人每次上落高塔都是靠它。「樂佩！把頭髮放下來吧！」

　　然後，樂佩便會把頭髮垂到塔下，用頭髮把嘉芙夫人拉上去。

40

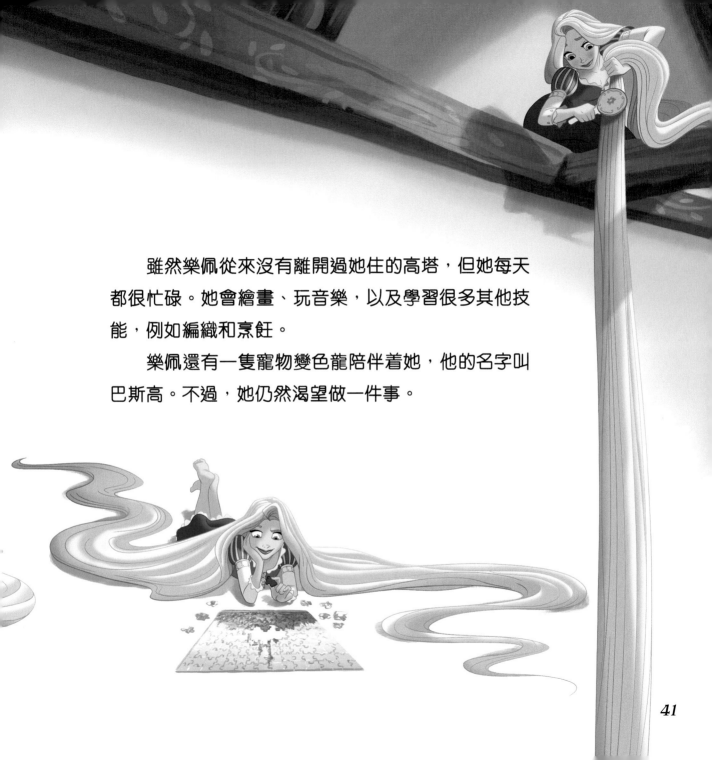

雖然樂佩從來沒有離開過她住的高塔，但她每天都很忙碌。她會繪畫、玩音樂，以及學習很多其他技能，例如編織和烹飪。

樂佩還有一隻寵物變色龍陪伴着她，他的名字叫巴斯高。不過，她仍然渴望做一件事。

　　每年樂佩生日的時候，天上都會飄浮着許多天燈。樂佩很想去看看這些天燈。

　　樂佩不知道這些許願天燈是國王和王后所放的，他們希望女兒有一天可以回來。她只是覺得這些天燈跟她有點關係，她甚至在牆上把天燈滿布夜空的景象畫下來了。

　　樂佩懇求嘉芙夫人讓她在十八歲生日的時候可以去看天燈。

　　「我真的很想去看天燈 —— 很想親身去看。我必須知道這些燈是用來做什麼的。」

　　嘉芙夫人拒絕了她。「別再問了,我不會讓你離開這座塔的。」

　　過了不久，嘉芙夫人離開了高塔，走進森林裏。

　　這時，大盜費華特剛好來到高塔附近。皇家侍衞隊正在追捕他，因為他袋子裏正放着他偷回來的王冠。

　　皇家侍衞隊的隊長帶着侍衞前來追捕。「不論付出任何代價，都要把那袋子搶回來！」

　　隊長的馬兒麥斯武幾乎追上了費華特，但還是給他逃脫了。在費華特逃走時，他發現了樂佩身處的那座高塔。他認為這是個絕好的藏身之處，於是從高塔的外牆向上爬。

不過，樂佩卻用煎鍋打暈了費華特，然後把他綁起來，又拿走了他的王冠。這是她唯一一個到外面看天燈的機會，於是她向費華特提出一項交易：「你要做我的嚮導，帶我去看天燈，然後帶我安全回家。」之後，她便會將王冠還給他。

「不幸的是，最近我和王國那邊並不那麼友好。」但費華特沒有其他選擇，「好吧，我帶你去看天燈。」

費華特從塔樓爬下去，樂佩則用自己的頭髮下塔。這是她的腳第一次接觸到草地。「真的難以置信，我成功了！」她覺得終於展開自己的人生了，「真是太好玩了！」

費華特把樂佩帶到一間流氓聚集的酒吧，想要嚇怕她。「如果你不能忍受待在這個地方，就應該乖乖地回到你的高塔裏。」

　　沒想到的是，樂佩跟一羣粗豪大漢分享她想看天燈的故事。「這是我一直夢寐以求的事情！」

　　那些大漢都很喜歡她，還一起談論着自己的夢想。

過了不久，嘉芙夫人回到高塔下。「樂佩！把頭髮放下來吧。」樂佩沒有回應，於是嘉芙夫人從秘密樓梯登上高塔。她找到了那個失竊的王冠，以及一張通緝費華特的告示。嘉芙夫人立刻出發要去把樂佩帶回來。

　　與此同時，皇家侍衞隊和麥斯武忽然來到了酒吧，他們正在尋找費華特。「費華特在哪裏？我知道他在這裏的！給我搜！」

　　酒吧裏的大漢都希望樂佩能去看天燈，所以其中一人便向她和費華特指出一條秘密通道。「去實現夢想吧！」

　　侍衞一直追趕着樂佩和費華特。樂佩用頭髮阻擋侍衞的追捕,但最後卻令她和費華特被困於一個山洞裏。山洞裏開始有水湧進來,費華特卻找不到出路。「這裏太黑了,我什麼也看不見。」

　　樂佩只好說出自己的秘密。「我的頭髮具有魔力,在我唱歌時,頭髮就會發光。」她唱起歌來,頭髮便發出了光芒,把山洞照亮。

　　他們潛下水去,游向出路。

他們終於成功逃出了山洞。「成功了！我們還好好的活着！」

樂佩留意到費華特的手受傷了。她用自己的頭髮包着費華特的傷口，然後開始唱歌。

費華特難以相信眼前的一切。她的頭髮使他手上的傷口癒合了。「你的頭髮什麼時候開始有這種魔法的？」他從沒遇過像樂佩這樣獨特的人。他們聊了一會兒。

這時，嘉芙夫人追尋到費華特和樂佩的蹤跡。她專誠去找鐵刺兄弟。這對兄弟是罪犯，而且都想找到費華特和他盜取的王冠。「跟我合作的話，我可以給你價值一千個王冠的好東西。」

在費華特離開樂佩去找柴枝生火時，嘉芙夫人出現了。她一直在跟蹤樂佩。「我們現在就回家，樂佩。」

樂佩卻不肯跟她離開。「我遇上了一個男子。他很喜歡我。」

嘉芙夫人卻刺激她說，要是將王冠交還給費華特，他收到後肯定會立刻離開她。

「好，我來交給他。」樂佩拿了王冠，但把它藏了起來。

第二天是樂佩的生日。麥斯武出現了，但樂佩游說他，請求他不要帶走費華特。「今天是我生命中的大日子，請不要在今天拘捕他。」

過了不久，他們來到了市集。整個王國都在為失蹤多年的公主慶祝生日。那位公主的生日正好跟樂佩是同一天。

　　樂佩看見國王一家三口的油畫，她頓時感到自己也是這個王國的一分子。鎮上的人開始跳起舞來，樂佩和費華特也拍着手加入他們。然後，他們一起吃蛋糕，還一起逛街。這天真是奇妙的一天，樂佩過得非常開心。

　　當天晚上，費華特帶着樂佩來到碼頭，然後登上小船。「既然今天是你生命中最精彩的一天，我覺得你應該坐在最佳位置去欣賞天燈。」

　　天燈在夜空中慢慢升起來，但他倆卻發現這刻他們只想看着對方。樂佩知道費華特不會離開她，於是把王冠交還給他。「我應該早些還給你的，只是我怕你會離開我。」

　　費華特看見鐵刺兄弟站在岸邊。「我還有一點事情先要處理。」他將王冠交給那對兄弟，以為他們會就此離開。對費華特來說，樂佩比任何東西都重要。

　　可是鐵刺兄弟要的不是那王冠。「我們要的是她。」

鐵刺兄弟將費華特綑綁起來，放到一條船上，把那條船推出大海。然後他們告訴樂佩，費華特已經帶着王冠遠走高飛了。

「什麼？他不會這樣做的！」樂佩非常震驚。

鐵刺兄弟想要抓住樂佩，但她卻跑進森林中。後來她聽見一陣扭打的聲音，於是折返。

嘉芙夫人正站在那兩兄弟面前，她剛剛把他們打暈了。「噢，我親愛的女兒！你沒事吧？」這也是她奸計的一部分，想要騙樂佩回到高塔上。

「媽媽，你是對的，你說的一切都是對的。」

回到高塔裏，樂佩一直想着她在生日那天看到的天燈，以及國王一家三口的油畫。她看着自己畫在牆上的油畫。終於，她想通了。

「我就是那失蹤了的公主。」樂佩發現嘉芙夫人一直在囚禁她。

後來費華特來到了高塔，嘉芙夫人重重地傷了他。但費華特不讓樂佩用魔髮來醫治他，反而一刀剪了她的魔髮，讓她回復自由。魔髮被剪去後失去了魔力，樂佩的頭髮變成了棕色，而嘉芙夫人也被消滅了。

「你是我新的夢想。」費華特閉起雙眼，離開了世界。

樂佩哭了起來，然後一滴眼淚掉在費華特身上。這滴眼淚令他起死回生了！原來樂佩的眼淚也帶有魔法！

樂佩終於重獲自由,她跟費華特、麥斯武和巴斯高一起回到了王國裏。

　　國王和王后都喜出望外。雖然樂佩的頭髮再沒有魔法,但她從那天起一直都過得很快樂,這是她以前從來沒有想像過的。